LETTRE
DE
DON CARLOS
A ÉLISABETH
DE FRANCE,

Précédée d'un Abrégé de leur Histoire.

H. Gravelot Inv. C. le Vasseur Sculp.

mais on vient disposer de mon sort,
Mon heure est arrivée, on me mene à la mort.

LETTRE
DE
DON CARLOS
A ÉLISABETH
DE FRANCE,

PRÉCÉDÉE
D'UN ABRÉGÉ DE LEUR HISTOIRE,

Et suivie d'un Passage de L'AMINTE *du* TASSE, *traduit en Vers, & du Poëme* DE LA NUIT, *imité de* GESSNER.

A PARIS,
Chez LE JAY, Libraire, rue Saint Jacques, au-dessus de la rue des Mathurins, au Grand Corneille.

M. DCC. LXIX.

PRÉCIS DE L'HISTOIRE DE DON CARLOS, ET D'ÉLISABETH DE FRANCE. (*)

IL y a eu, dans presque tous les siécles, un grand nombre de personnages illustres, qui semblent n'avoir été montrés à la terre que

(*) On a taché de conserver dans ce Précis, l'intérêt qui regne dans la Nouvelle Historique de Don Carlos de M. l'Abbé de St. Réal; on a sur-tout suivi cet Écrivain dans les particularités qui se trouvent appuyées par le témoignage des Historiens du tems.

pour exciter les regrets des gens vertueux, & faire couler des larmes de tous les cœurs sensibles. Telle fut principalement la destinée de DON CARLOS, fils unique de PHILIPPE II. Roi d'Espagne, & D'ÉLISABTH fille aînée de FRANCE.

La Nation Espagnole avoit mis en Don Carlos ses plus cheres espérances; Charles-Quint avoit voulu l'élever lui-même : on se flattoit que ce jeune Prince l'égaleroit un jour par ses exploits & le surpasseroit par ses vertus. L'Empereur avoit vû, avec complaisance dans un de ses descendans, le germe de ces passions ardentes qui font les grands hommes, & il s'étoit plu à diriger vers le bien un naturel si propre à recevoir de fortes impressions. Fier de se voir l'objet des soins d'un ayeul si célèbre, Don Carlos avoit fait paroître pour ses leçons une docilité qu'il n'eût peut-être jamais eue pour celles d'un autre Maître; la magnanimité, l'héroïſme de Charles-Quint avoient ſemblé s'épurer en paſſant dans l'ame de ſon petit-fils, & à ces grandes qualités faites pour produire l'admiration, il joignoit celles qui ſont plus propres à faire aimer les Princes, cet extérieur ouvert, cette généroſité, cette franchiſe avec leſquels François I. avoit balancé ſi long-tems toute la fortune de ſon rival.

Dans le même tems, Éliſabeth fille aînée de Henri II. étoit le principal ornement de la Cour de France. Formée avant l'âge, jamais le Ciel n'unit, à tous les charmes extérieurs, plus de douceur, de nobleſſe & de ſenſibilité. Sa beauté avoit tant d'éclat, le caractère de ſa phyſionomie étoit ſi ſéduiſant que c'eſt encore aujourd'hui un *Proverbe* en Eſpagne que les hommes les plus ſages ne pouvoient la regarder ſans danger.

Les querelles de François I. & de Charles-Quint s'étoient perpétuées sous leurs successeurs : mais l'épuisement des deux Nations leur avoit bientôt fait desirer la fin d'une guerre aussi longue que ruineuse ; on renouvella, comme un des Articles Préliminaires de la Paix, la proposition du Mariage d'Élisabeth & de Don Carlos qui avoit déja été faite quelques années auparavant. Dans cet intervalle, persuadés, ainsi que toute l'Europe, que la pacification générale entraîneroit de toute nécessité une Alliance si bien assortie à tous égards ; le Prince d'Espagne & Madame de France s'étoient accoutumés insensiblement à se regarder comme destinés l'un à l'autre : Élisabeth avoit une de ces ames tendres qui ont besoin de quelque objet digne de les attacher : l'inclination & le devoir se trouvant d'accord, elle s'étoit abandonnée sans contrainte aux premiers mouvemens de son cœur & à tous les prestiges de son imagination ; elle aimoit à s'entretenir avec celles de ſon âge de l'avenir heureux qui l'attendoit, lorſque ſon ſort ſeroit lié à celui du Prince aimable dont elle devoit partager la tendreſſe, la puiſſance & la gloire ; ce qu'elle entendoit raconter à ſon ſujet fortifioit tous les jours de ſi favorables diſpoſitions : mais elle n'étoit pas ſans inquiétude ſur celles qu'elle eût voulu être certaine de trouver dans ſon cœur. Qu'elle eut été facilement raſſurée, ſi elle avoit pu être tranſportée tout-à-coup en Eſpagne dans l'appartement de Don Carlos ! elle l'eut ſurpris ſon Portrait à la main, conſidérant avec ivreſſe des traits qui lui étoient déjà devenus ſi chers, regrettant de la devoir à des arrangemens de politique, & ne connoiſſant plus d'autre félicité que celle de pouvoir lui inſpirer des ſentimens qui répondiſſent aux ſiens. C'eſt ainſi que tous deux attendoient avec impatience le moment qui devoit les unir, lorſqu'un événement imprévu renversa pour jamais leurs espérances. Philippe II. devint veuf par la mort de Marie Reine d'Angleterre ; il demanda pour lui la Princesse qu'il avoit obtenue pour son fils ; on ne trouva aucun prétexte pour la lui refuser, sans risquer encore de prolonger la guerre : Elisabeth fut sacrifiée à l'intérêt public.

On ne sauroit décrire la situation de cette jeune Princesse ; lorsqu'elle apprit cette nouvelle accablante. Tout l'édifice de son bonheur s'étoit écroulé en un instant. Ce n'étoit plus cette destinée brillante & flateuse, dont elle devoit jouir avec l'Héritier d'un des premiers Trônes de l'Univers, ces épanchemens mutuels de deux cœurs qui s'estiment & qui s'aiment : c'étoit le plus triste esclavage, avec un Monarque d'une humeur austère & sombre, d'un âge déja avancé, & qui s'étoit fait une coûtume &

une loi d'État, de ne jamais laiſſer répandre ſon ame. Mais ſi ce changement fit une impreſſion douloureuſe ſur Eliſabeth, ce fut un coup de foudre pour Don Carlos. De tous les événemens poſſibles, ce nouveau mariage étoit celui auquel il ſe ſeroit le moins attendu; il demeura pour ainſi dire, anéanti; de ce moment, il comprit qu'il n'y avoit plus de bonheur pour lui ſur la terre; il commença à mener la vie la plus retirée, & il ſe plongea dans une mélancolie profonde, qu'il conſerva juſqu'à ſa mort.

Lorſque la nouvelle Reine fut arrivée aux portes de Madrid, le Roi envoya ſon fils à ſa rencontre avec les premiers Seigneurs du Royaume; la preſence d'Eliſabeth n'étoit pas propre à guérir Don Carlos de la paſſion que ſon portrait lui avoit inſpirée: en jettant les yeux ſur elle, il enviſagea toute l'étendue de ſon infortune ; la Princeſſe pénétra aiſément le ſecret de ſon cœur ; leurs ames s'entendirent ; ils reſterent quelque tems comme interdits, & par une ſuite naturelle de leur ſituation, occupés tous deux en même tems des mêmes penſées, ils ſembloient reflèchir ſur les ſentimens qu'il leur avoit été permis de concevoir l'un pour l'autre & ſur les jeux cruels de la fortune.

Les charmes de la Reine produiſirent tout leur effet ſur Philippe II ; il reſſentit pour elle une paſſion violente : mais cette paſſion prit la teinte de ſon caractère triſte & diſſimulé ; il renfermoit avec l'auſterité la plus exacte, dans les bornes de la nuit, toutes les marques de ſon amour ; le reſte du tems, il n'étoit que Roi, & il auroit cru déroger à la dignité du rang ſuprême, ſi ſon cœur eut paru ſuſceptible des mêmes affections que ceux des autres hommes. Elisabeth ne pouvoit souvent s'empêcher d'opposer, à cette froideur apparente, le caractère aimable & l'air de sentiment qui respiroit dans toutes les manieres de Don Carlos.

Cependant un mouvement involontaire pressoit ce jeune Prince de s'instruire d'une maniere plus assurée de ce qui se passoit dans l'esprit de la Reine. Un jour, après une cérémonie publique, le hazard ayant éloigné la foule des courtisans, ils se trouverent quelques instans seuls dans un lieu écarté: alors Don Carlos la supplia de lui pardonner si son secret échappoit enfin de son ame; il lui exposa, les larmes aux yeux, ce qu'il avoit ressenti dans le tems que tout lui ordonnoit de penser à elle, combien il étoit difficile de changer de cœur selon les événemens, & à quels tourmens il étoit condamné depuis l'époque fatale qui avoit détruit ſes eſpérances. La Reine ne put écouter ſans émotion un diſcours qui lui retraçoit des images ſi fidéles de ſes propres ſentimens, ni ſe défendre d'avouer à ſon tour quelle eſtime elle avoit conçue pour lui, lorſqu'il étoit deſtiné à devenir ſon époux; elle ajouta qu'elle le croyoit digne encore de cette eſtime, que ſa conduite à l'avenir pourroit ſeule décider ſi elle s'étoit trompée, & qu'il ne tiendroit pas à elle de lui donner toutes les conſolations qui s'accorderoient avec ce que leur devoir commun leur preſcrivoit. Depuis ce jour, ces deux illuſtres infortunés ne trouvoient pas de momens plus doux que ceux où ils pouvoient mêler leurs larmes, & s'exhorter l'un l'autre à ſoutenir avec courage toutes les rigueurs de la fortune.

Il eſt néceſſaire de rapporter ici quelques événemens qui acheverent de préparer leur perte. Les Inquisiteurs avoient osé condamner au feu le testament de Charles-Quint, comme contenant des dispositions favorables au protestantisme : Don Carlos indigné de l'outrage fait à la mémoire d'un Prince qui lui avoit été si cher, ne dissimula point que, s'il parvenoit un jour au Trône, son premier soin seroit d'exterminer de ses Etats un Tribunal si audacieux : jamais on ne lui pardonna ces menaces indiscretes. Philippe II. se crut obligé de l'éloigner pour quelque tems de la Capitale ; il l'envoya à l'Université d'Alcala, sous prétexte de lui faire connoître cette école savante qui jouissoit alors de la plus haute réputation. La Ville d'Alcala fit présent à Don Carlos d'un Cheval extrêmement fougueux ; personne n'avoit pu le dompter : il voulut le monter lui même, & il fit une chûte si dangereuse qu'on désespéra longtems de sa vie. Dans cette extrêmité, le cœur plus que jamais rempli de sa passion, il chargea le Marquis de Posa son favori, de porter à la Reine ses derniers adieux. Quand le Marquis vint s'acquitter de cette triste commission, cette malheureuse Princesse ne put contenir l'excès de sa douleur ; elle crut n'avoir plus rien à ménager ; elle crut qu'après la mort du Prince, qui sembloit certaine, on ne pourroit leur faire un crime de tant d'infortunes ; enfin elle lui écrivit la lettre la plus touchante & la plus vive qu'une grande passion retenue longtems, ait peut-être jamais dictée ; c'étoit la tendresse & l'affliction portées au comble ; c'étoit toute l'effusion de son ame. Cette lettre produisit un effet bien extraordinaire sur Don Carlos ; elle lui rendit la santé. A son retour à Madrid, quelques instances que fit la Reine, elle ne put jamais le résoudre à se priver d'un témoignage si précieux de son affection : ce devoit être son arrêt de mort.

Voici

Voici encore une autre circonſtance qui influa ſur leur ſort d'une maniere déciſive. Il arriva à la Cour, des Députés de la Nobleſſe de Flandres; ils venoient pour eſſayer de fléchir Philippe II. en faveur de ces malheureuſes Provinces que la tyrannie de leurs Gouverneurs avoient pouſſées à la rébellion la plus furieuſe. Le caractère d'humanité de Don Carlos étoit connu de toute l'Europe: les députés lui aſſurerent en particulier, que les eſprits étoient dans les diſpoſitions les plus favorables à ſon égard, & que perſonne n'étoit capable, plus que lui, de diſſiper les troubles. Le deſir ardent d'acquérir de la gloire, les repréſentations de la Reine qui ne voyoit que trop quelles ſuites funeſtes pouvoient avoir des ſentimens, que la facilité de ſe voir nourriſſoit chaque jour davantage, tout détermina le Prince à demander le gouvernement des Pays-bas : mais Philippe II. avoit conçu une inimitié ſecrete contre un fils qui avoit des qualités ſi oppoſées aux ſiennes ; on lui fit entendre que rien n'étoit plus propre que ce Gouvernement à favoriſer les vues ambitieuſes que pouvoit avoir l'héritier de la Couronne : Don Carlos fut refuſé. Cependant les révoltes s'allumoient tous les jours de plus en plus, & les Députés preſſoient vivement Don Carlos de ſe rendre en Flandre, & lui garantiſſoient de la part des nobles que ſa préſence ſuffiroit pour faire tout rentrer dans l'obéiſſance. Le Prince voulut faire un dernier effort avant de ſe déterminer ; il demanda une ſeconde fois le même Gouvernement, & répondit ſur ſa tête qu'il viendroit a bout d'appaiſer les troubles ; il eſſuya de nouveaux refus. Enfin il réſolut de ſe rendre aux inſtances des peuples, de prévenir l'effuſion du ſang de tant de braves ſujets, & de ſervir ſon père malgré lui : il fixa le tems de ſon départ, & juſqu'au jour marqué, il prit de grandes précautions pour la ſûreté de ſa perſonne ; il fit faire pour ſon appartement une ſerrure extraordinaire qui ne pouvoit s'ouvrir en dehors ; il mettoit toutes les nuits ſous ſon chevet deux piſtolets & deux épées. Mais il étoit entouré d'ennemis ſecrets qui obſervoient ſes moindres démarches, & qui firent tourner contre lui toutes les précautions qu'il prenoit. Les principaux d'entre eux étoient les Inquiſiteurs, qui n'avoient point oubliés ſes menaces, lors de la condamnation du teſtament de l'Empereur, Don Juan d'Autriche, fils naturel de Charles-Quint, qui en même tems avoit conçu la paſſion la plus vive pour la Reine, & la plus forte jalouſie contre Dom Carlos qu'il ſoupçonnoit d'être préféré, & la premiere Dame d'Honneur de la Reine, la Princeſſe d'Eboli qui avoit eu pour le Prince quelque goût paſſager, & qui ne put jamais lui pardonner la politeſſe froide avec laquelle il avoit répondu à ses avances. Cette femme vindicative entretenoit depuis long-tems l'espèce d'antipathie de Philippe II. contre son fils, & en lui communiquant toutes les conjectures qu'elle avoit formées, elle avoit facilement réussi à faire entrer les plus violens soupçons dans cette âme ombrageuse. Le Roi étoit dans ces dispositions, lorsque Don Juan d'Autriche vint l'avertir qu'on avoit découvert que Don Carlos faisoit des amas considérables d'armes & d'argent ; un instant après arrive le Général des Postes qui annonce qu'un François de la Maison de la Reine, a demandé deux chevaux pour l'entrée de la nuit. A ces indices accumulés, le Roi effrayé ne doute point que son fils n'ait formé quelque grand dessein contre lui : aussitôt il fait cacher des sentinelles à toutes les avenues de l'appartement du Prince ; il fait venir l'ouvrier qui lui a fourni la nouvelle ſerrure, & lui commande d'embarraſſer le reſſort. Don Carlos rentre à ſon ordinaire; comme on vouloit le ſurprendre lorſqu'il tenteroit de s'enfuir, on attend long-tems après l'heure marquée : mais des circonſtances imprévues l'avoient déterminé à différer ſon départ; le Roi ordonne de paſſer outre; le reſſort, quoiqu'embarraſſé, fait grand bruit en tombant; le Comte de Lerme entre le premier : il trouve le Prince profondément endormi; il ôte même les armes de deſſous ſon chevet, ſans l'éveiller; alors le Roi entre lui-même, précédé d'un grand nombre de Seigneurs armés d'épées & de piſtolets, le Prince en ouvrant les yeux, s'écrie qu'il eſt mort : ſon père lui répond froidement, que *tout ce qu'on fait eſt pour ſon bien*. On ſe ſaiſit de ſes papiers; on remarque d'abord beaucoup de lettres de la Reine, & on n'y voit rien qu'on puiſſe interpréter d'une maniere criminelle; enfin on lit cette lettre si tendre qu'Elisabeth avoit écrite à Don Carlos, lorsqu'on désespéroit de sa vie. A cette lecture, Philippe II. se sent l'ame en proie aux tourmens de la plus horrible jalousie : mais il se possede encore au point de concentrer en lui-même toute sa fureur. Pendant ce tems-là, on détendoit en silence l'appartement du Prince, & l'on enlevoit tous les riches effets dont il étoit meublé ; on ne laissa qu'un misérable matelas pour se reposer à l'Héritier présomptif de tant de Royaumes.

Les deux Députés de Flandre furent arrêtés le même jour ; l'un eut la tête tranchée ; l'autre eut permission de s'empoisonner, & ce fut comme un prélude de la scène effrayante qu'on alloit donner à l'Espagne. Le Roi avoit remis le soin de sa vengeance à des mains sûres : il avoit nommé les Inquisiteurs Juges de son fils. Ils instruisirent l'affaire avec une diligence incroyable, & ils prirent pour modèle le procès criminel que Don-Juan II. Roi d'Arragon avoit fait faire à ſon fils aîné ; ils donnerent les plus pompeux éloges à la rigueur de Philippe II. qu'ils préfererent à la fermeté d'Abraham, & les monſtres ne rougirent point de le comparer au Pere Eternel qui n'avoit pas pardonné à ſon fils unique pour le ſalut des hommes. Ils condamnerent Don Carlos à demeurer juſqu'à la mort dans ſa priſon.

Malgré toutes les précautions qu'on avoit priſes pour tenir ſon empriſonnement ſecret, la nouvelle s'en répandit bientôt dans toute l'Europe ; le Roi de France, l'Impératrice, la plûpart des autres Princes de la chrétienté ſe réunirent pour demander ſa grace : loin d'être ébranlé par tant d'inſtances, Philippe II. ne s'appliquoit qu'à multiplier autour de ſon fils des images funéraires ; on fit prendre à ce jeune Prince des habits de grand deuil; on tendit sa prison en noir, & cette tenture étoit toute parsemée des emblêmes de la mort; sa nourriture lui étoit apportée par des inconnus aussi vêtus en deuil, qui le servoient les yeux baissés, & en observant le plus profond silence; il sembloit être descendu tout vivant dans un tombeau habité par des spectres; son pere avoit trouvé l'art de perpétuer pour lui l'instant de la mort que la nature a pris soin de rendre si court pour tous les hommes. Au milieu de ces objets lugubres, l'imagination de ce malheureux Prince, le ramenoit quelquefois sur ses grandeurs passées; elle lui retraçoit ces songes si flateurs, cette brillante perspective, ce tems où il se croyoit si près d'être uni à la Princesse de France, ce bonheur qui ne paroissoit pas pouvoir lui échapper: puis il retomboit avec un morne désespoir, dans toute l'horreur de sa situation; le sort sembloit ne l'avoir placé sur le premier dégré du Trône, que pour lui faire considerer de plus haut, la profondeur de l'abîme qu'il mettoit sous ses yeux. La seule idée de la Reine étoit capable d'apporter quelques adoucissements à ses maux ; ni la cruauté, ni l'industrie de son pere, n'avoit pu arracher de son cœur une image si chere : mais quand il venoit à se représenter les inquiétudes & les chagrins que tous ces événemens devoient lui causer, cette idée si consolante se changeoit pour lui en une nouvelle source d'amertume.

Tant de malheurs exciterent au plus haut point la compassion du peuple ; & le Roi craignit, s'il différoit, de n'être bientôt plus maître de poursuivre sa vengeance ; on répandit un poison subtil sur tous les habits du Prince, & sur tous les mets qu'on lui servoit ; soit par la force de sa jeunesse, soit par quelque autre cauſe, ce poiſon ne produiſit aucun effet ; enfin on vint lui annoncer qu'il pouvoit choiſir le genre de ſa mort.

Il ſeroit impoſſible de repréſenter la déſolation de la Reine, à meſure qu'elle voyoit frapper tant de coups ſi ſenſibles pour elle ; mais l'activité de ſa tendreſſe prenoit de nouvelles forces dans l'excès de ſa douleur; c'étoit elle qui avoit preſſé toutes les Puiſſances de l'Europe d'implorer la grace du Prince d'Eſpagne, & quand elle vit qu'il n'y avoit plus d'eſpérance, elle vint à bout, à force d'argent, de lui faire commander de ſa part qu'il demandât à voir le Roi. Quelque répugnance que Don Carlos eût pour cette démarche, il voulut donner encore à la Reine cette derniere marque de ſa ſoumiſſion à ſes volontés. Comme on lui annonça que ſon pere alloit arriver, *dites mon Roi* répondit-il triſtement, *& non pas mon pere.* Dès qu'il le vit, il ſe jetta à ſes pieds, les arroſa de larmes, lui demanda ſa grace dans les termes les plus attendriſſans, lui repréſenta *que c'étoit ſon ſang qu'il alloit répandre. Quand j'ai du mauvais ſang*, lui répliqua ſéchement l'inflexible Philippe II, *je donne mon bras au Chirurgien pour le tirer.* Alors il ſe paſſe un mouvement rapide dans l'ame du jeune Prince; il ſe releve avec une noble fureur : *apprenez*, dit-il fierement, *que s'il y a quelque choſe au monde dont je me repente, c'eſt de la démarche que vous venez de me voir faire. Si des perſonnes qui ont tout pouvoir ſur moi ne m'y euſſent obligé je ne me ſerois jamais abbaiſſé à une lâcheté ſi humiliante, & je ſerois mort plus glorieuſement que vous ne vivez.* Et dans le même inſtant, il demande aux Gardes, ſi le bain dans lequel il doit mourir eſt prêt. Le Roi ſe retira après cette réponſe, ſans témoigner aucune émotion. Auſſi-tôt Don Carlos détache le portrait de la Reine, qu'il portoit toujours ſur ſa poitrine, ſe met dans le bain, & ſe fait ouvrir les veines des bras & des jambes. Dans ces derniers momens, il tenoit d'une main défaillante cette image ſi précieuſe; il y attachoit ſes regards, avec une expreſſion paſſionnée mêlée de triſteſſe & de raviſſement: ce fut dans cette contemplation qu'il perdit inſenſiblement le ſang, les forces, & puis la vie. Après qu'il eût rendu le dernier ſoupir, ſes yeux & ſon ame toute entiere paroiſſoient encore fixés ſur cette fatale peinture, qui avoit été la premiere cauſe de ſon amour.

Quelques jours après, le Roi fit imprimer une longue relation de la maladie de ſon fils; il n'eut pas honte de le calomnier encore après ſa mort: on y attribuoit la fin de ce Prince à une diſſenterie, occaſionnée par ſes déréglemens. Jamais regrets ne furent plus vifs ni plus univerſels, que ceux que les peuples d'Eſpagne laiſſerent éclater à ſes obſéques ; la Ville de Madrid demanda qu'il lui fut permis d'en faire les frais. Le Duc de Lerme, à qui la garde du Prince avoit été confiée pendant ſa priſon avoit conçu pour lui tant d'admiration & d'attachement qu'il parut long-tems inconſolable aux yeux de toute la Cour. Pour Philippe II. il conſerva juſqu'au bout ſa froide tranquilité, il regarda paſſer toute la Pompe funèbre, d'une des fenêtres de ſon Palais ; il régla même ſur le champ une difficulté de préſéance qui s'éleva entre les différentes compagnies qui ſe trouverent à cette cérémonie.

La vengeance de ce ſombre Monarque n'étoit aſſouvie qu'à moitié : la Reine vivoit encore. Un matin cette Princeſſe qui étoit enceinte vit entrer dans son appartement la Duchesse d'Albe, une médecine à la main; cette Duchesse lui dit, que les Médecins avoient jugé ce remède nécessaire pour la faire accoucher heureusement. Comme la Reine le refusoit malgré toutes ces représentations, le Roi entra, lui dit que cette médecine étoit de grande importance, & qu'il falloit nécessairement qu'elle la prît. *Puisque vous le voulez*, répondit-elle, *je le veux bien.* Elle expira le même jour au milieu des douleurs les plus violentes, & après de grands vomissements; son enfant fut trouvé mort, & le crâne de la tête presque brûlé.

Ainsi périrent à la fleur de leur âge, un des Princes les plus accomplis qu'ait produit l'Espagne, & la plus belle Princesse qui ait jamais regné sur cette grande Monarchie;

tous deux entroient à peine dans leur vingt-troiſieme année ; leurs vertus & leurs malheurs conſacrés dans les faſtes de l'hiſtoire, ſeront à jamais célèbres dans la mémoire des hommes.

C'eſt en conſidérant, ſous ce point de vue, l'événement dont il s'agit, qu'il faut lire la Lettre ſuivante, dans laquelle je prête à Don Carlos des ſentimens conformes à ſa ſituation, & la maniere dont il devait enviſager la rigueur de ſon ſort.

Le Paſſage de l'Aminte du Taſſe, traduit en Vers, eſt un faible eſſai de traduction que je donne au Public de ce charmant Ouvrage. Il ſerait à ſouhaiter qu'on pût rendre dans notre Langue toutes les beautés de l'original ; mais cette entrepriſe eſt au-deſſus de mes forces.

Il en est de même des Ouvrages de M. Gessner, qu'on peut appeller le Peintre de la Nature, par la simplicité & la vérité de ses descriptions.

DON

DON CARLOS A ÉLISABETH.

VOUS que mon cœur adore & qui m'êtes ravie
Pour qui ſeule en mourant je regrette la vie ;
Vous qui me rendez cher un jour trop odieux,
Charmante ÉLISABETH, recevez mes adieux.
Je ne vous verrai plus, un jugement barbare
Me condamne à périr, & ma mort ſe prépare ;
Tout me préſente ici l'image de ſes traits,
Mon œil ne fixe plus que de triſtes objets ;
L'effroi s'eſt emparé de ma ſombre retraite,
Je ne vois plus briller au-deſſus de ma tête,
Ces ſuperbes lambris que contemplaient mes yeux ;
Le voile du trépas eſt étendu ſur eux.

Dans cet affreux séjour, privé de la lumiere,
Une lampe funèbre est tout ce qui m'éclaire.
Sur le bord de l'abîme où je suis attendu,
Il me semble déja qu'au tombeau descendu,
Éprouvant les horreurs dont la mort est suivie,
L'infortuné CARLOS a terminé sa vie.

Le Ciel me promettait un sort bien différent,
Quand la paix (*) dont l'amour allait être garant,
Unissant pour jamais nos Nations rivales,
Et terminant enfin leurs querelles fatales,
L'un à l'autre enchaînés par un hymen heureux,
Nous devions à l'Autel en resserrer les nœuds.
Trop séduit par l'espoir d'une telle alliance,
J'en attendis l'effet avec impatience :
Vous savez quels étaient les transports de mon cœur,
Combien je desirais l'instant de mon bonheur ;
Le bruit de vos vertus de la France admirées
Se répandait alors jusque dans ces Contrées ;

(*) Conclue par le Traité de Cateau-Cambresis.

On y vantait par-tout votre aimable pudeur,
De tous vos ſentimens la naïve candeur,
Le charme, la douceur de votre ame bien née,
Le pouvoir des attraits dont vous êtes ornée;
Et lorſque leur éclat dans les murs de Paris
Enchantait les Français de vos charmes épris,
Déja leur renommée aux plaines de l'Ibere
Inſpirait en tous lieux le deſir de vous plaire.

Mon cœur, pour éprouver un ſentiment ſi doux,
N'avait point attendu qu'on eût parlé de vous;
Je vous aimais, Madame, avant de vous connaître:
Jugez de mon amour quand je vous vis paraître,
Quand je vis vos attraits & cette aménité
Qui relevait en vous l'éclat de la beauté.
Au milieu des tranſports de mon ardeur extrême,
Je béniſſais le Ciel, dont la bonté ſuprême,
Mettant pour moi le comble à ſes divins bienfaits,
Me donnait pour Epouſe un objet que j'aimais:
Et je plaignais le ſort des Princes de la terre
Dont les cœurs malheureux & deſtinés pour plaire,

A de cruelles loix ſans ceſſe aſſujettis,
Sont liés par des nœuds ſouvent mal aſſortis;
De rang & de fortune aſſemblage bizarre,
Que l'intérêt unit & que l'amour ſépare.

Mais, ô deſtin cruel! tel qui ſe croit heureux
Souvent eſt menacé du ſort le plus affreux.
De ma félicité, la fortune jalouſe,
M'envia le bonheur de vous voir mon épouſe.
Hélas! par un ſerment auguſte & ſolemnel,
Nous allions nous jurer un amour éternel.
Nous touchions au moment du plus tendre hymenée
Qui devait à vos jours unir ma deſtinée,
Lorſqu'une main barbare & funeſte à tous deux
Par un cruel effort rompit de ſi beaux nœuds;
Et, pour comble d'horreur, s'uniſſant à la vôtre,
Sépara pour jamais deux cœurs faits l'un pour l'autre.
Ah quelle barbarie! ai-je pu la ſouffrir!
Ne pouvais-je du moins me venger, ou mourir,
Et laver dans le ſang d'un rival téméraire
Son audace & l'affront qu'il venait de me faire.

Ciel ! il fallait du moins me donner un rival
Que je pusse immoler à mon amour fatal ;
Et non point m'opposer le sang & la nature
Pour empêcher mon bras de venger cette injure.

O jour épouvantable ! ô souvenir affreux !
Mais pourquoi rappeller des tems si malheureux ?
Hélas ! depuis ce tems, dans le fond de mon ame,
Il fallut renfermer mon dépit & ma flamme,
Un devoir rigoureux m'en imposa la loi :
Vous-même, Élisabeth, vous l'exigiez de moi :
Mon cœur à vos desirs se soumit avec peine ;
Mais il fallut souscrire aux ordres de la Reine.

Maintenant que mon sort autorise mes vœux,
Permettez que ce cœur laisse voir tous ses feux :
Souffrez, Élisabeth, qu'avec des traits de flamme
Je vous peigne l'ardeur qui consume mon ame,
Que je trace à vos yeux tant de maux endurés
Depuis l'instant fatal qui nous a séparés :
Le tems n'a fait qu'accroître un penchant invincible,
De l'étouffer, Madame, il me fut impossible.

Oui, ce funeste amour que je dus renfermer
Dans le fond de mon cœur, rien n'a pu le calmer:
Plus il fallut le taire, & plus sa violence
Accrut ma passion condamnée au silence:
Enfin ne pouvant pas, sans la faire éclater,
A l'ardeur de mes feux plus long-tems résister,
Et mon cœur n'employant que d'inutiles armes
Pour résister en vain au pouvoir de vos charmes,
Je résolus alors, & m'imposai la loi (*)
D'abandonner des lieux trop funestes pour moi:
La Flandre révoltée, à mon humeur guerriere
Offrait pour s'illustrer une belle carriere:
C'est sur ces bords lointains qu'abandonnant la Cour
J'espérais à la gloire immoler mon amour.
Pour ce départ cruel tout était prêt, Madame,
Et j'allais en effet m'immoler à ma flamme,
Quand, pour payer le prix de ce sublime effort,
Une barbare loi me condamne à la mort;
Et déclarant ma fuite, indigne, criminelle
D'un Sujet trop soumis en fait un vil rebelle.

(*) Elisabeth est supposée ignorer le motif de cette résolution.

Mais puisque sans m'entendre elle m'a condamné,
Ah ! pourquoi dans ce jour m'avez-vous ordonné,
Abaissant jusque-là mon orgueil indomptable,
De chercher à fléchir un juge inéxorable ?
En me donnant, Madame, un ordre si cruel,
Vous avez trop compté sur l'amour paternel.
O bassesse sans fruit ! & qui me désespere,
J'ai fléchi vainement aux genoux de mon pere :
Lui, mon pere ! ah, grands Dieux ? l'est-il encor pour moi ?
Je ne vois plus en lui que mon juge & mon roi ;
Lui l'auteur de mes maux, lui qui dès mon enfance,
Appesantit sur moi son bras & sa puissance ;
Lui qui creusa l'abîme où mes pas sont plongés,
Qui sépara deux cœurs l'un à l'autre engagés,
Et prenant à vos yeux mon respect pour un crime,
De ses transports jaloux me rendit la victime ;
Lui qui me livre enfin à toute la rigueur
D'un tribunal de sang & qui me fait horreur,
Dont l'horrible puissance, odieuse, insensée,
Etend sa cruauté jusque sur la pensée ?

Qui, ſous le maſque faux de la religion,
Tient tout un peuple entier ſous ſon oppreſſion,
Et prétextant ſans ceſſe un zèle catholique,
Exerce ſur les cœurs un pouvoir deſpotique.

Ah! ſi de Spinoſa (*) le génie oppreſſeur
Avait moins pénétré le ſecret de mon cœur,
S'il n'allait par ma mort prévenir ma vengeance,
J'aurais peut-être un jour aboli ſa puiſſance.
Le peuple heureux alors, & libre ſous ma loi,
N'eût été déſormais que ſoumis à ſon Roi,
Et recouvrant bientôt les droits de ſes Ancêtres,
Sans craindre leur pouvoir, eût reſpecté les Prêtres:
Mais Spinoſa leur Chef, liſant dans l'avenir,
En prévoyant l'orage a ſçu le prévenir;
Et par ma mort enfin devenant redoutable,
Se rend du plus grand crime impunément coupable.

Quelle horreur en effet, & quelle indignité!
Quel exemple d'audace & de témérité!

(*) Le Cardinal Spinoſa, grand Inquiſiteur alors.

De Prêtres inhumains une troupe ſacrée,
Soumiſe à la vengeance, à la haine livrée,
Jadis de Charlequint, ſi grand par ſes exploits,
Oſa troubler la cendre au mépris de nos loix;
Et dans ſon zéle outré reſpectant peu ſa gloire,
Du plus puiſſant Monarque inſulta la mémoire.
Philippe, qui d'un Pere enviait trop l'éclat,
Permit, pour l'abaiſſer, cet horrible attentat,
Et ſouffre qu'en ce jour, de ma mort vil complice,
Ce même tribunal ordonne mon ſupplice:
Pere injuſte à la fois & fils dénaturé!
L'humanité, le ſang, pour lui rien n'eſt ſacré.

Je gémis; mais, hélas! je mourrais ſans me plaindre,
Si pour d'autre que moi je n'avais rien à craindre;
Si ma mort, appaiſant la fureur d'un Epoux,
Le rendait à vos yeux moins indigne de vous;
Et ſi le Roi, content de m'arracher la vie,
N'étendait pas plus loin ſon injuſte furie:
Puiſſiez-vous.... Mais on vient diſpoſer de mon ſort,
Mon heure eſt arrivée, on me mene à la mort.

Loin des champs glorieux qu'habite la victoire,
Dans le fond d'un Palais je vais périr sans gloire ;
Mais du moins en mourant si j'emporte au tombeau
Le nom de votre amant, mon sort est assez beau :
Pardonnez si ce mot échappe de ma bouche,
Il fait tout mon bonheur au moment où je touche.

Vous, dont mon œil encor contemple les attraits
Dans ce Portrait charmant (*), l'image de vos traits,
Venez me voir mourir, & que votre présence
Me fasse supporter la mort avec constance ;
Venez, charmant Objet, recueillir mes esprits,
Qu'au-delà du tombeau nos deux cœurs soient unis ;
Qu'un lien éternel à jamais les engage ;
De vos charmes puissans que la divine image
Ecarte loin de moi les horreurs du trépas,
Et que je meure enfin en fixant vos appas.

(*) Il mourut en fixant le Portrait d'Elisabeth.

TRADUCTION LIBRE
DE CE PASSAGE
DE L'AMINTE DU TASSE.

O bella eta de l'oro.

O Le tems fortuné que celui de nos peres!
Le lait formait alors la ſource des rivieres,
Le miel & le nectar coulaient parmi les fleurs,
La Nature en tous lieux prodiguait ſes faveurs;
Les champs n'étaient baignés que des pleurs de l'aurore
[Car les yeux des humains n'en verſaient pas encore]
La roſe jouiſſait d'un éternel printems,
Et ſon éclat bravait les injures du tems;
La terre abandonnée aux ſoins de la Nature,
Dédaignant, pour produire, une lente culture,
Au gré de nos ſouhaits, prodigue de ſes dons,
Offrait ſans ceſſe aux yeux de nouvelles moiſſons;

Et pour couvrir de fleurs sa tête horrible, impure,
Le serpent n'allait point ramper sous la verdure :

Aucun vaisseau n'allait sur le vaste Océan
Affronter les écueils & braver l'ouragan,
Pour ravir les trésors d'une terre étrangere,
Où pour l'ensanglanter des horreurs de la guerre.
Surtout ce vain fantôme, idole de l'erreur,
Ce tyran décoré du vain titre d'honneur,
Ne troublait point encore les plaisirs de la vie
Par les cruels effets de sa triste manie ;
L'homme foulant aux pieds ses tyranniques loix,
De son cœur innocent n'écoutait que la voix ;
Il ignorait alors qu'on pût lui faire un crime
De suivre sans remords un penchant légitime ;
Et pensant sans détour, tel était son avis :
Quand on est vertueux, ce qui plaît est permis.

Alors sur un tapis de fleurs & de verdure,
Au bruit harmonieux d'un ruisseau qui murmure,
Les Amours enfantins, sans arcs & sans flambeaux
Dansaient sur l'herbe tendre à l'ombre des ormeaux.

On voyait auprès d'eux le Berger, la Bergère,
Mollement, au hasard, couchés sur la fougére,
Se donner des baisers d'un accord mutuel,
Et s'aimer sans rougir d'un besoin naturel.
La Nymphe sans pudeur ainsi que sans allarmes,
D'un voile scrupuleux ne couvrait point ses charmes;
Souvent d'un même bain le cristal transparent
Recevait dans son sein l'Amante avec l'Amant.

Mais toi, cruel honneur, tyran de la nature,
Tu vins troubler la paix d'une union si pure,
En forçant le beau Sexe à voiler ses appas,
Tu privas les Zéphirs, dans leurs charmants ébats,
Du plaisir innocent de caresser les Graces,
Et d'embellir la Rose en volant sur leurs traces!
Etre sensible, hélas! est un crime à tes yeux;
Tu défens un plaisir qui nous égale aux Dieux;
Enveloppant l'Amour des voiles du mystère,
Tu l'as rendu cruel, timide ou téméraire;
Et les dons que jadis il faisait aux Mortels,
Sont devenus par toi des larcins criminels.

Ainsi, perfide honneur, nos maux sont ton ouvrage ;
Si l'Amour est cruel, tu l'es bien davantage !
O toi, tyran des cœurs, vainqueur des plus grands Rois,
Qu'il te suffise au moins de leur donner des loix !
En troublant le repos des Maîtres de la terre,
Epargne le Berger sous son humble chaumiere ;
Ne vas pas sous le chaume, asyle de la paix,
Travestir lâchement les vertus en forfaits,
Et sous le masque faux d'une vaine décence,
Par des remords honteux effrayer l'innocence.
Le Ciel qui nous forma pour le bonheur d'autrui,
Voulut également nous rendre heureux par lui ;
Il nous fit pour aimer, & c'est lui faire injure
De ne pas se soumettre aux loix de la Nature.

Aimons ; car le tems fuit & ne revient jamais :
Le Soleil qui répand la clarté de ses traits
Depuis le mont Taurus jusqu'aux mers du Bosphore,
Ramene chaque jour une nouvelle aurore ;
Mais celle de nos jours ne brille qu'une fois,
Telles sont du Destin les immuables loix.

LA NUIT,
POÈME IMITÉ DE GESSNER.

QUEL silence profond succède à mon réveil !
O Nuit, tu m'as surpris dans les bras du sommeil;
Je te vois sur un char roulant au sein des ombres,
Descendre lentement sur ces bocages sombres ;
O Nuit ! que ta présence embellit ce séjour !
Qu'avec ravissement je te vois de retour !
Quel calme tu répans sur toute la nature !
Mon cœur est enivré d'une volupté pure.

Déja le Dieu du Jour dans les bras de Thétis
Allait porter l'éclat de ses feux amortis ;
Déja sur son declin sa mourante lumière
Ne faisait plus baisser ma débile paupiere,

Et mon œil, au travers de ce feuillage épars
Soutenait aifément le feu de fes regards ;
Des nuages dorés s'étendant fur la plaine
Embelliffaient les fleurs de la rive prochaine ;
Les oifeaux amoureux voltigeans dans les airs
Par des chants redoublés terminaient leurs concerts;
Et rappellant près d'eux leurs fidelles compagnes,
Pour habiter les bois défertaient les campagnes;
Le Berger en chantant regagnait le hameau,
Et du fein des vallons ramenait fon troupeau,
Quand le Sommeil, au bruit d'un ruiffeau qui murmure,
Vint tantôt m'affoupir fur ce lit de verdure.

Qui peut avoir troublé le calme de mes fens ?
Eft-ce toi, Roffignol, par tes divins accents?
Ou plutôt quelque Nymphe, évitant la pourfuite
D'un Faune jeune & beau que pourtant elle évite ?

O Nuit, paifible Nuit, que mon œil enchanté
Se plaît à s'égarer dans ton obfcurité !
L'éclat du plus beau jour a pour moi moins de charmes
Que tes voiles épais ennemis des allarmes.

Lune, que j'aime à voir tes rayons argentés,
Par le criſtal des eaux ſans ceſſe répétés,
Pénétrant de ces bois la voûte tranſparente,
Se jouer à travers une feuille tremblante
Que l'aîle des Zéphirs agite mollement,
En excitant dans l'air un doux frémiſſement!

Toi qui pares Philis aux plus beaux jours de fête,
Rivale de la Roſe, aimable Violette,
Accorde, ſans envie, à la reine des fleurs
Le don de s'embellir des plus belles couleurs;
Qu'elle regne à ſon gré ſur ſa tige ſuperbe,
Ta beauté moins brillante a plus d'attraits ſous l'herbe;
Des charmes faſtueux ne m'en impoſent pas;
Un jour trop éclatant nuit aux plus beaux appas;
Plus humble que la Roſe, & pourtant auſſi belle,
Ta gloire eſt plus durable, & ton éclat moins frêle.

Des ombres de la Nuit en vain l'obſcurité
Dérobe à mes regards l'éclat de ta beauté;
L'agréable parfum qu'en ces lieux je reſpire,
M'annonce ta préſence & près de toi m'attire,

Les Zéphirs amoureux, qui pendant tout le jour,
Sans cesse auprès de toi folâtrent tour à tour,
Fatigués maintenant des jeux de la journée,
Qu'une autre suit toujours encor plus fortunée,
Reposent doucement dans ton sein délicat,
Attendant que le jour ramene son éclat ;
Alors, vers le matin, quand la charmante Aurore
Ranime de ses pleurs le teint pâle de Flore,
Quand le char du Soleil quitte le sein des mers,
On les voit aussi-tôt s'agitant dans les airs,
Eparpiller sur toi les gouttes de rosée
Dont par eux chaque jour ta tige est arrosée.

Rossignol amoureux, Chantre aîlé de ces bois,
Que j'aime à sommeiller aux accents de ta voix !
Il n'est point ici-bas de volupté pareille....
Mais quel bruit tout-à-coup vient frapper mon oreille ?
C'est la gent aquatique au sein d'un noir marais,
Qui, voulant de tes sons égaler les attraits,
Au fond de ses roseaux, envieuse & rampante,
Fait retentir les airs de sa voix discordante.

C'eſt ainſi que du Pinde un indigne avorton,
Qui rampe triſtement au pied de l'Hélicon,
Se croyant inſpiré du Dieu de l'harmonie,
Oſe mêler ſa voix aux chants de Polymnie.

Quel ſpectacle divin vient s'offrir à mes yeux!
Des nuages d'argent embelliſſent les Cieux,
Des Amours enfantins, dont les aîles naiſſantes
D'un duvet azuré ſont à peine éclatantes,
Sur leur frange dorée, aſyle de leur jeux,
Se balancent dans l'air à travers mille feux.
C'eſt par eux que la Roſe, auſſi tendre que belle,
Reçoit, au point du jour, une fraîcheur nouvelle;
Alors, du haut des airs, dans le creux de leurs mains,
Recueillant la roſée, ils vont tous les matins,
Sur elle, avec grand ſoin, la verſer goutte à goutte;
Ces petits Dieux malins n'ignorent pas, ſans doute,
Combien de cette fleur le parfum ſéduiſant
Eſt ſouvent dangereux pour un cœur innocent.

Ici, que vois-je luire au ſein de la fougere?
O Ciel! je vois ramper une lueur légere,

C'eſt toi, charmant Inſecte, étonnant vermiſſeau,
Dont l'éclat me préſente un ſpectacle nouveau;
Ton corps, auſſi brillant que le feu des Etoiles,
De la Nuit à mes yeux perce les ſombres voiles:
Muſe, raconte-moi par quel événement
On vit naître jadis ce prodige étonnant.

Jupiter, amoureux d'une jeune Bergere,
Aux regards de Junon deſirant ſe ſouſtraire,
Pour mieux cacher les feux d'un amour ignoré,
Prit la forme autrefois d'un Papillon doré.
Junon s'appercevant de la métamorphoſe,
A la rendre inutile auſſitôt ſe diſpoſe:
Que dis-je? Elle a déja juré de s'en venger;
Elle apperçoit de loin le Papillon léger,
Qui jouant ſur le ſein de la jeune mortelle,
Reprend au même inſtant ſa forme naturelle.
Alors ne pouvant plus contenir ſa fureur,
Elle adreſſe ces mots au Divin ſuborneur:
» O trop perfide époux, ne crois pas, lui dit-elle,
» Me faire impunément cette injure nouvelle;

» Ne pouvant te punir de ton manque de foi,
» Je ſaurai m'en venger ſur une autre que toi :
» Oui, malgré ton pouvoir, l'objet qui ta ſçu plaire
» Va ſentir les effets de ma juſte colere ».
La Bergere, à ces mots, s'échappe de ſes bras ;
Jupiter cherche en vain la trace de ſes pas :
Elle a changé de forme ; au lieu de ſon Amante
Un Inſecte rampant à ſes yeux ſe préſente.
Le Souverain des Dieux déplore un tel malheur :
Junon du haut des airs ſe rit de ſa douleur.
Mais ſon cœur, non content d'une telle victoire,
Voulut de ſa puiſſance aſſurer la mémoire :
Auſſitôt de ſa main la cruelle Junon
A l'Etoile du Jour dérobant un rayon,
L'attache, pour jamais, au corps de ſa Rivale,
Afin que la vengeance au crime fût égale.

Qu'entens-je dans ces lieux ? Quel rapide torrent
A travers les rochers roule ſes flots d'argent !
Parmi l'obſcurité ſon onde blanchiſſante
Forme un mêlange heureux qui m'étonne & m'enchante.

Plus loin, dans ce vallon, moins terrible en son cours,
Au sein de mille fleurs il fait mille détours.
Mais d'un nuage épais la Lune enveloppée
Laisse à peine entrevoir sa lumière échappée ;
Déesse, dont l'éclat embellissait ces lieux,
Pourquoi dans cet instant te soustraire à mes yeux ?
Veux-tu favoriser un Amant téméraire
Qui craint d'être surpris auprès de sa Bergere ?
Ou veux-tu que mon œil ne te découvre pas
Avec Endymion que tu tiens dans tes bras ?
Ecarte loin de toi cet importun nuage
Qui dérobe à mes yeux l'éclat de ton image ;
Tandis que tes rayons sont encore éclatans,
Que ton divin flambeau guide mes pas errans
Aux bords toujours fleuris de cette source pure,
Où chaque jour d'Eté la belle Alcimadure,
Se croyant sans témoin, sous un ombrage frais,
Va raffraîchir l'ardeur de ses brulans attraits.
Des Saules sont plantés autour de ce rivage,
Unis par leurs rameaux, & dont l'épais feuillage,

Interceptant du Jour la trop vive clarté,
Fait que l'on y respire un air de volupté.
Des plus charmans appas sacré dépositaire,
L'œil ne peut pénétrer dans ce lieu solitaire;
Il est inaccessible aux regards curieux
D'un Berger, d'un Amant le plus industrieux;
Tous les efforts sont vains, & la chaste Diane
Y serait à l'abri de tout aspect profane:
Mais, aidé par le Tems, l'Amour, ce Dieu malin,
Dans le tronc d'un vieux Saule a creusé de sa main
Une retraite obscure, asyle du mystère,
D'où, sans être apperçu, je puis voir ma Bergère.
Le myrte de Vénus est moins cher à mes yeux,
Que ce Saule sacré, si propice à mes feux.
Puis Zéphir de son aîle agitant le feuillage,
A mon œil enchanté présente un doux passage,
Pour qu'il puisse, à son gré, contempler les trésors
Dont la simple Nature orna le plus beau corps.
M'y voici; je la vois, cette charmante rive,
J'entens le doux fracas de l'onde fugitive;

Mon cœur aux mêmes lieux est encor pénétré
Du plaisir dont il fut l'autre jour enivré.

Déja l'Astre du Jour, terminant sa carrière,
Tempérait par degrés l'éclat de sa lumière,
Et le Lys éclatant, par ses feux desséché,
Renaissait à nos yeux sur sa tige penché,
Lorsque tous deux assis sur un lit de verdure,
Il faut nous séparer, me dit Alcimadure.
Elle marche à l'instant vers le prochain côteau,
Feignant de regagner le chemin du hameau;
Mais moi, me doutant bien du dessein de la Belle,
Ici, par un détour, j'arrive aussitôt qu'elle.
J'approche, je la vois sous un berceau charmant,
Prête à se dépouiller d'un humble vêtement;
Tandis qu'en palpitant, & d'une main tremblante,
Elle présente au jour une gorge naissante;
Ses yeux n'osant pas même admirer ses attraits,
Jettent de tous côtés des regards inquiets;
Ainsi l'on voit aux champs la timide Colombe,
Allarmée aussitôt d'une feuille qui tombe

Aux bords d'une onde pure où brillent mille Fleurs,
N'osant point de la soif appaiser les ardeurs.

De la nuit cependant les insensibles ombres,
Aux feux mourans du jour mêlant leurs voiles sombres,
Formaient dans cet asyle une tendre lueur,
Bien propre à rassurer la timide pudeur.
Alcimadure enfin, repoussant les allarmes,
Acheve mon bonheur en montrant tous ses charmes.

Elle effleure d'abord la surface de l'eau
D'un pied qu'elle retire & plonge de nouveau;
Puis elle enfonce l'autre avec plus de courage;
Mais n'osant point encore en faire davantage;
Puis insensiblement, par un mouvement doux,
Je vois l'Onde amoureuse embrasser ses genoux.
Ce n'était rien encor; puis la Bergere endure
Que ses flots argentés lui servent de ceinture:
Puis elle souffre enfin, après bien des combats,
Qu'ils pressent de son sein les contours délicats.

Pour moi, dans cet inſtant, j'allais, hors de moi-même,
Me jetter dans ſes bras, m'unir à ce que j'aime,
Lorſqu'un Vent ennemi, jaloux de mon bonheur,
De l'Onde qui murmure augmentant la fraîcheur,
Par cette perfidie obligea ma Bergère
A déſerter le bain pour gagner ſa chaumière.

Trop heureuſe chaumière, aſyle reſpecté,
Je t'apperçois d'ici, malgré l'obſcurité;
La Lune dont l'éclat ſur toi ſeule domine,
Daigne à peine éclairer la cabane voiſine,
Et raſſemblant ſur toi ſes doux rayons épars,
Te croit le ſeul objet digne de ſes regards.
Aſyle fortuné, ſéjour de l'innocence,
Quand ſeras-tu le prix de ma perſévérance?
Mon ſort égalerait celui des plus grands Rois,
Si j'habitais un jour ſous tes ruſtiques toits.
D'une vaine ſplendeur ſuperbement épriſe,
Ne crains pas qu'en ſecret mon ame te mépriſe;

Le chaume qui te couvre est à mes yeux d'un prix
Qui ne le céde point aux superbes lambris.
C'est-là qu'Alcimadure, avec son teint de rose,
Dans les bras du Sommeil tranquillement repose;
Zéphirs, vous dont l'Aurore amene le retour,
Devancez, à ma voix, la lumière du Jour;
Volez dans sa cabane, & déployant vos aîles,
Ranimez de son teint les fleurs toujours nouvelles.
Sommeil, toi qui la tiens dans les bras du repos,
Sur elle, à pleine mains, verse tes doux pavots;
Agréable Morphée, ô toi, pere des songes,
Qui séduis les Mortels par d'aimables mensonges,
Que tes Sylphes légers, par des chemins de fleurs,
L'entraînent doucement dans d'aimables erreurs;
Qu'un rêve aussi flatteur que l'aimable Sourire
De sa bouche vermeille, idole du Zéphire,
Enchante son esprit, & dispose son cœur
A couronner enfin la plus sincere ardeur;

Offre lui son Amant toujours tendre & fidele,
Qui ne vit, ne respire, & n'aime que pour elle;
Qu'elle semble à l'instant me voir à ses genoux
Couvrant sa belle main des baisers les plus doux:
Lui dépeindre l'ardeur du feu qui me dévore,
Lui dire que je l'aime, & lui redire encore:
Et toi, profite alors de cet heureux moment,
Pour vaincre sa pudeur qui combat faiblement.
Si tu peux triompher de son ame ingénue,
J'irai te consacrer cette Grotte inconnue,
Où d'un sommeil tranquille on goute les douceurs,
Et ma Bergere & moi nous l'ornerons de fleurs.
Dès que je la verrai, son aimable présence
Guidera les effets de ma reconnoissance;
Ses yeux plus animés m'apprendront sans détour
Si tes soins généreux ont secondé l'Amour.
Son langage divin, plus amoureux, plus tendre,
Sera celui d'un cœur qui demande à se rendre;

Puis sa bouche de rose, appellant le baiser,
Me dira tendrement si je puis tout oser.

Que cette illusion par sa douceur m'enchante !
Pour un cœur amoureux quelle image riante !
O toi, paisible Nuit, dont le calme enchanteur
Fait naître dans mon ame un charme aussi flatteur,
Toi qui m'as séparé de l'objet que j'adore,
Je verrais à regret le retour de l'Aurore,
Si le jour qui te suit n'allait me rendre heureux,
Et ne mettait enfin le comble à tous mes vœux.

APPROBATION.

J'ai lu par ordre de Monseigneur le Vice-Chancelier, un Manuscrit ayant pour titre : *Lettre de Don Carlos à Elizabeth*, suivie d'un passage de l'*Aminte du Tasse*, *&c.* & je n'y ai rien trouvé qui puisse en empêcher l'impression. A Paris ce 16 Novembre 1767.

MARCHAND.

www.ingramcontent.com/pod-product-compliance
Ingram Content Group UK Ltd.
Pitfield, Milton Keynes, MK11 3LW, UK
UKHW021138230726
13926UKWH00002B/868

9 782014 081916